LUCHAG BHEAG AIG
SGOIL SHOLAIS NA GEALAICH

A' chiad fhoillseachadh sa Bheurla ann an 2014 le Nosy Crow Ltd.
The Crow's Nest, 10a Lant Street, Lunnainn SE1 1QR

www.nosycrow.com

© an teacsa Bheurla 2014 Simon Puttock
© nan dealbhan 2014 Ali Pye
© an teacsa Ghàidhlig 2015 Acair

A' chiad fhoillseachadh sa Ghàidhlig 2015 le Acair Earranta
An Tosgan, Rathad Shiophoirt, Steòrnabhagh, Eilean Leòdhais HS1 2SD

info@acairbooks.com   www.acairbooks.com

An tionndadh Gàidhlig Chrisella Ross
An dealbhachadh sa Ghàidhlig Mairead Anna NicLeòid

Tha Acair a' faighinn taic bho Bhòrd na Gàidhlig.

Fhuair Urras Leabhraichean na h-Alba taic airgid bho Bhòrd na Gàidhlig
le foillseachadh nan leabhraichean Gàidhlig Bookbug.

Gheibhear clàr catalog CIP airson an leabhair seo ann an Leabharlann Bhreatainn.

Clò-bhuailte ann an Sìona

LAGE/ISBN 978-0-86152-569-0

Tha Nosy Crow a' cleachdadh pàipear bho fhiodh a tha fàs ann an coilltean seasmhach.

1 3 5 7 9 8 6 4 2 (HB)   1 3 5 7 9 8 6 4 2 (PB)

DHUINNE – NUAIR A BHA SINN
TÒRR NAS LUGHA

S.P.

DO MHAM AGUS DAD, LE GAOL

A.P.

LUCHAG BHEAG AIG
SGOIL SHOLAIS NA GEALAICH

SIMON PUTTOCK
Dealbhan le ALI PYE

acair

Seo Sgoil Sholais na Gealaich.

Tha Giobag Gealaich air an glag a bhualadh

agus chì sinn gu bheil

an t-laltag Oidhche

an Cat

agus a' Chailleach Oidhche air an t-slighe.

Ach tha cuideigin a dhìth

agus b' e sin . . .

LUCHAG BHEAG!

Seo a' chiad oidhche
aig Luchag Bheag
ann an sgoil
Giobag Gealaich
agus bha i a' faireachdainn
uabhasach diùid!
B' i a' chiad tè a nochd
agus chaidh i air falach
air cùlaibh nan cùirtearan.

"Am faca duine an sgoilear ùr againn?"
arsa Giobag Gealaich.
"Am faca duine Luchag Bheag?"
Chuir a' Chailleach Oidhche a sgiath os a cionn.

"Seadh Cailleach Oidhche?"
arsa Giobag Gealaich.

"Chan fhaca mise Luchag"
thuirt Cailleach Oidhche.

Chuir Cat a spòg an aìrde
"Tha mi duilich ach chan fhaca mise
Luchag nas motha" arsa ise.

"Ialtag Oidhche" dh'fhaighnich
Giobag Gealaich,
"Am faca **tusa** Luchag Bheag?"

"Oh chan fhaca" arsa an Ialtag Oidhche
"Chan fhaca mise Luchag Bheag **a-riamh!**"

"Nach neònach sin"
arsa Giobag Gealaich.

A Luchag a ghaoil,
a bheil thu an seo?

CLÀR-AINM

Nise bha mamaidh Luchag air maoidheadh
air Luchag Bheag,
"Dèan cinnteach gum bi thu modhail,"
's mar sin . . .

. . . "THA mi seo" arsa Luchag
ann an guth beag **bìodach**,
guth cho ìosal 's nach
cluinneadh tu i.

"Na bhruidhinn duine sam bith?"
dh'fhaighnich Giobag Gealaich.

"Mise! Mise thuirt e!" dh'èigh Luchag
"agus tha mi air FALACH bhon a tha
mi cho DIÙID!"

"Ach CÒ, agus CÀITE bheil thu?"
dh'fhaighnich Giobag Gealaich.

"'Is mise LUCHAG, agus tha mi
AIR FALACH air cùl nan CÙIRTEARAN!"

Rinn Giobag Gealaich gàire beag agus thuirt i.
"Uill a laochag"
"bhon as aithne dhuinn a-nis
CÒ thu
agus
CÀITE bheil thu . . .

Nach tig thu a-mach gus am
faic a h-uile duine thu?"

Nise bha mamaidh Luchag air maoidheadh air Luchag Bheag
"Dèan cinnteach gum bi thu modhail." Rinn Luchag osna
agus chrùb i a-mach bho chùl nan cùirtearan.

"Abair cleas falaich!"
arsa Ialtag.

"Nuair a bhios mise air falach"
arsa Cailleach Oidhche
"bidh pìosan dhìom
a' stobadh a-mach."

"Mise cuideachd" arsa Cat
"agus nì mi dranndan
gun fhios dhomh!"

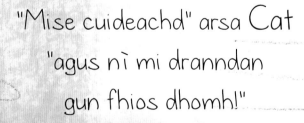

"Is CAOMH LEAMSA a bhith
air falach" arsa Luchag.

"'Eil fhios agaibh dè?"
arsa Giobag Gealaich . . .

"nach cluich sinn falach-fead
an dràsta fhèin.
Tha ùine againn mus gabh sinn
greimeag-bìdh mheadhan-oidhche."

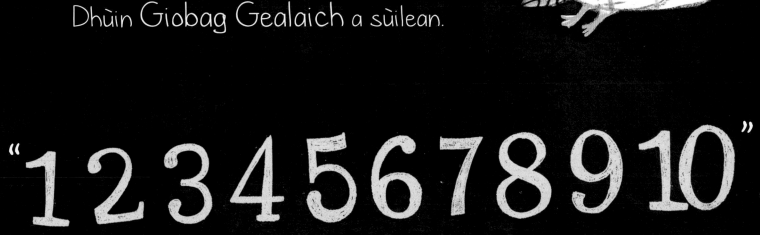

Dhùin Giobag Gealaich a sùilean.

"1 2 3 4 5 6 7 8 9 10"

"Tighinn!" dh'èigh i" "Bheil sibh deiseil?"

Lorg Giobag Gealaich Cailleach Oidhche sa bhad.

Cha mhòr gu robh PÌOS dhe nach fhaiceadh tu.

Lorg i Cat gun mòran oidhirp.

Bha Cat cho toilichte le a h-àite falaich 's gun robh srann àrd aice.

CRÒNAN CRÒNAN

CRÒNAN

CRÒNAN

CRÒNAN

Lorg Giobag Gealaich Ialtag ann an diog.

Bha e air dìochuimhneachadh gur e ghlainne a bh' ann an tanc an èisg 's gum faiceadh tu troimhe!

Ach cha lorgadh Giobag Gealaich Luchag AN ÀITE SAM BITH.

"Nach e Luchag a tha math air falach"
arsa Giobag Gealaich.
"Tugainn. Seallaidh sinn uile."

Sheall iad dhan na
poitean peantaidh . . .

. . . agus sheall iad air muin nam preasan
agus sheall iad fo thiùrr de dhuilleagan àraid.
Ach cha robh sgeul air Luchag an **àite sam bith**.

"O mo chreach" arsa Giobag Gealaich.
"Cha bhi màthair Luchag IDIR toilichte
ma tha sinn air a call."

DUILLEAGAN ÀRAID

An uairsin chuala
Giobag Gealaich
gàire beag fann.
"Tha siud dìreach coltach
ri Luchag Bheag"
arsa ise.

"Hi, Hi, "Rinn Luchag gàire eile.
"Cha do lorg sibh MI!"

"Tha sin ceart a ghaoil"
fhreagair Giobag Gealaich, "ach tha
thìde againn na greimeagan-bìdh a ghabhail.
Siuthad, nach tig thu a-mach gus am faigh
sinn uile rudeigin math a dh'itheas sinn?"

Liùg Luchag i fhèin a-mach bho h-àite falaich.
Bha i air a bhith a' falach ann an sìtheanan
aid Giobag Gealaich fad na h-ùine!

"Sin thu fhèin Luchag" arsa
Giobag Gealaich 's i air a dòigh.
'S tu as fheàrr
a th'ann gu falach!"

Agus dh'aontaich
Cailleach Oidhche,
Ialtag agus Cat.

Bha Luchag Bheag cho toilichte 's gun do dhìochuimhnich i gun robh i diùid.

Agus cha deach i air falach bho a caraidean TUILLEADH...

'S e sin mur a biodh iad
a' cluich falach-fead.

CRÒNAN
CRÒNAN
CRÒNAN